P9-BIU-818

Fue el gorila

BARBARA SHOOK HAZEN

ilustrado por RAY CRUZ

traducido por ALMA FLOR ADA

Aladdin Paperbacks • Libros Colibrí

First Aladdin Paperbacks/Libros Colibrí edition September 1996

Text copyright © 1974 by Barbara Shook Hazen
Illustrations copyright © 1974 by Ray Cruz
Translation copyright © 1994 by Macmillan Publishing Company

Aladdin Paperbacks/Libros Colibrí
An imprint of Simon & Schuster
Children's Publishing Division
1230 Avenue of the Americas
New York, NY 10020

All rights reserved, including the right of
reproduction in whole or in part in any form

Originally published in English in 1974 as *The Gorilla Did It*

Printed and bound in the United States of America

10 9 8 7 6 5 4 3 2 1

The Library of Congress has cataloged the hardcover edition as
follows: 94-71333

ISBN 0-689-31976-2

Para Brack, mi prima Barbara
y todos nuestros amigos

B. S. H.

¡Chis!
Vete.
No puedo jugar.
Estoy durmiendo.

Bueno.
Pero tendrás que estar muy callado
o Mami se enojará.

Ummmm.
Eso se ve muy rico.
¿Me das una mordidita?

Primero haremos una ciudad.

Luego daremos un paseo.
¡Brum! ¡Bruuuuuuuuuuuum!

SACS 5th AVE.
MAC
3

¿Qué pasa aquí?

¿Quién hizo este reguero?

Fue el gorila.

¿Qué gorila?

El gorila en mi bicicleta . . .
No lo hizo a propósito.
Fue un accidente.

¡Mira esto!
Hay comida por todo el piso
y jugo de uvas debajo del radiador
y ¡has revuelto toda tu ropa limpia!
No me digas que todo esto lo hizo
un gorila mientras tú dormías.

No estaba dormido.
Él no me dejaba dormir.

Escúchame
y escúchame bien.
Voy a la cocina.
Voy a empezar a preparar la cena.
Quiero que vuelvas a la cama
y que pienses en todo lo que pasó.
Y cuando lo hayas pensado bien
quiero que vengas
y que me digas qué es lo que
realmente pasó.
¿De acuerdo?

Bueno.

ENCYC
ICE IN WOND
ATHENEUM
ANIMAL
LIFE

¡Gorila malo!
Gorila malo, malo.
Por tu culpa
Mami está enojada conmigo.

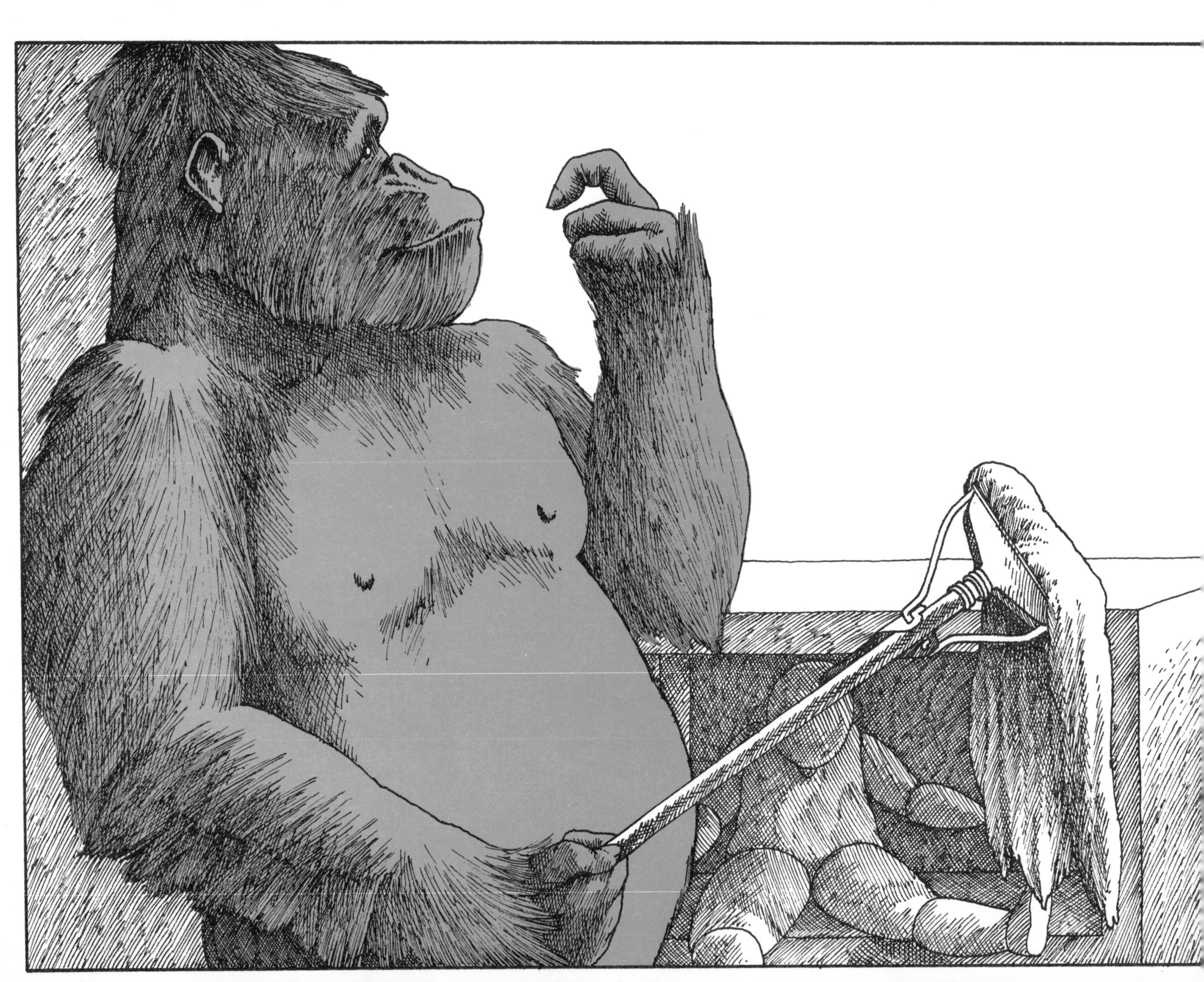

¡No lo haré!
¿Por qué voy a hacerlo? . . .

Bueno, está bien.
Pero más vale que no me metas
otra vez en problemas.

Un poquito más de talco
y un poquito más de jabón.
¡Qué sorpresa para Mami!

24

¡Hola!
Ya estoy listo.
Muy bien.
¡Ahora quiero que me digas
de verdad quién hizo el reguero!

Fue el gorila.

¿Eso es todo lo que tienes
que decir?
No.
¿Qué más?

Dice que lo siente.
Y yo le ayudé a limpiar.
¿Quieres verlo?
Y...
¿Y qué más? ...

Dice que todavía tiene hambre.
¿Puedo darle una galletita?

¿Y me das una a mí también?

Eres una mamá muy buena.

Y él realmente quiere ser

un buen gorila.